En camarades

Colette Willy

Paris, 1919

Édition : BoD · Books on Demand, 31 avenue Saint-Rémy,
57600 Forbach, bod@bod.fr
Impression : Libri Plureos GmbH, Friedensallee 273,
22763 Hamburg (Allemagne)
ISBN : 978-2-3225-3542-2
Dépôt légal : Janvier 2025

EN CAMARADES

PERSONNAGES

FANCHETTE, jeune femme.

MARTHE PAYEN, jeune femme, son amie.

UNE FEMME DE CHAMBRE.

MAX, mari de Fanchette.

LE GOSSE, ami de la maison.

EN CAMARADES

COMÉDIE EN DEUX ACTES

ACTE PREMIER

Un salon élégant, un peu en désordre.

SCÈNE PREMIÈRE

(Au lever du rideau, une femme de chambre sévère introduit Marthe, jeune femme chic, jolie, bavarde, un peu acide.)

LA FEMME DE CHAMBRE.

Ah ! C'est madame Payen !… Madame sera bien contrariée !… Je crois que madame est sortie…

MARTHE.

Tiens !... La concierge m'avait pourtant dit...

LA FEMME DE CHAMBRE, piquée.

Si Madame se fie plus à la concierge qu'à moi...

MARTHE, amusée.

Mais pas du tout, Lise, pas du tout ! Vous êtes en froid avec la concierge ?

LA FEMME DE CHAMBRE.

Je ne me commets pas avec les concierges. Je n'aime pas les personnes qui appartiennent à une race intermédiaire.

MARTHE.

Sans indiscrétion, mon enfant, qu'est-ce que vous appeliez une race intermédiaire ?

LA FEMME DE CHAMBRE.

Mais Madame, ça se comprend de soi-même ! Un concierge, ce n'est pas un domestique, n'est-ce pas ? Et ça n'est pas un maître non plus. C'est comme qui dirait dans son genre, un mulâtre.

MARTHE.

Monsieur est sorti aussi ?

5

Non, Madame. C'est-à-dire… je n'ose pas m'avancer… Monsieur doit être dans le fumoir, je vais m'en assurer.

(Elle sort.)

MARTHE, *seule.*

Je n'oserais jamais changer de linge devant une personne aussi digne ! *(Elle furette, en amie intime.)* Les maîtres de la maison sont, par chance, moins imposants… Drôle de maison. Ça n'a jamais l'air rangé ici. Je ne pourrais pas vivre dans un désordre comme celui-là, moi. *(Elle redresse un cadre contre le mur.)* Ça me donne le mal de mer. Jusqu'à la boîte de bonbons qui n'est jamais deux jours de suite à la même place ! *(Cherchant.)* Où l'ont-ils fourrée ? Ah ! la voilà ! *(Elle croque des bonbons.)* Heureusement que le mari est un amour, lui ! C'est drôle, dans les ménages que je connais, le mari est presque toujours un amour… excepté dans le mien !…

MAX, *entrant virement, très empressé, très flirt.*

Vous étiez là ! Depuis longtemps ? Combien de minutes de vous ai-je perdues ?

MARTHE, *riant.*

Vous les retrouverez ! Vous êtes seul ? Fanchette n'est pas là ?

MAX.

Mais si, elle est là. Je l'ai entendue il y a un instant, elle riait avec son gosse…

MARTHE.

Ah ! oui, toujours son gosse… Il va bien, lui aussi ?

MAX.

Je pense. Vous demanderez à Fanchette.

MARTHE.

Eh bien, on ne peut pas dire que vous soyez curieux de ce qui se passe chez vous, au moins.

MAX, *placide.*

Non. Nous nous sommes arrangés comme ça, Fanchette et moi. « Fais ce que tu veux, moi de même. »

MARTHE.

Ça peut vous mener loin…

MAX, *soupirant.*

Guère ! Regardez où nous en sommes, depuis trois mois que je vous fais la cour !

MARTHE.

Chut !

MAX.

Qu'est-ce que j'ai dit de mal ?

MARTHE.

Rien… mais… Fanchette…

MAX.

Fanchette sait très bien que je vous fais la cour.

MARTHE, riant, à mi-voix.

Oui, mais j'ai peur de la femme de chambre !

MAX, très près de Marthe.

Dieu, que cette robe est jolie !

MARTHE, coquette.

Ce chapeau vous plaît ?

MAX.

Voyons… oui… Tournez un peu la tête par là… Oh ! très bien. La robe aussi. J'adore ces modes-là, moi. Ça plaque ici, ça bâille là, ça remonte ici, ça descend là…

MARTHE, se défendant.

Un geste de plus, j'appelle ma mère !

MAX.

Qu'est-ce que vous avez là-dessous ?

MARTHE.

Sous quoi ?

MAX.

Sous cette espèce de chemise-fourreau qui vous… épouse de si près… ?

MARTHE.

Oh ! c'est la scie… Je n'ai rien ou à peu près… Une combinaison en peau de chevreau.

MAX, rêveur.

En peau de chevreau… Un type dans le genre de Saint-Jean-Baptiste… Ah ! que j'aimerais vous voir gambader

9

autour de moi, vêtue d'une peau de chevreau, de très petit chevreau… *(Brusquement.)* Vous m'aimez toujours ?

MARTHE, *plaisantant.*

Jusques au délire !

MAX.

C'est bien peu.

MARTHE.

Et vous ?

MAX, *pudique.*

Madame !… Vous ne savez pas à qui vous parlez ! Je suis marié !

MARTHE.

Eh bien, et moi donc ? D'ailleurs, vous, vous l'êtes si peu… Figurez-vous qu'il y a des gens qui prennent Fanchette pour votre maîtresse.

MAX.

C'est très blessant.

MARTHE.

Pour elle ?

MAX.

Non… Pour vous.

MARTHE, riant.

Malhonnête !… C'est vrai, vous avez tellement l'allure d'un ménage pour rire !

MAX.

D'un ménage où on rit, vous voulez dire. J'ai choisi la meilleure part, et fait de ma femme…

MARTHE.

Un camarade, je l'attendais.

MAX.

Oui. Un camarade avec qui on fait les mille z'horreurs. C'est rudement commode, vous savez. Je flirte, elle marivaude, nous coquetons… Et puis, le soir, dans le dodo, on se dit tout.

MARTHE.

Tout ? Vous exagérez.

MAX.

Pas du tout, elle ne me cache rien.

MARTHE.

Et vous ?

MAX.

Moi ? Je lui dis… que je vous adore.

MARTHE.

Oui. Mais vous n'oseriez pas lui dire que vous m'aimez. *(Geste de Max.)* D'abord, ce ne serait pas vrai.

MAX, léger et évasif.

Ce ne serait pas assez !

MARTHE.

Et… qu'est-ce qu'elle en dit, Fanchette, de notre grande passion ?

MAX.

Elle ? elle se tord. Vous savez, elle ne s'épate pas facilement. Elle me raconte ses petites affaires, elle me demande conseil, au besoin… *(Marthe, sans être vue de lui, lève les yeux au ciel et hausse les épaules.)* En dehors de mes avis éclairés, elle vit à sa guise, sous l'œil de Dieu. Elle a sa morale à elle…

MARTHE.

Bien à elle !

MAX.

Elle dit : « Le mal, c'est ce qui est laid. » Vous comprenez, je ne vais pas aller déranger cette sérénité païenne. *(Naïvement satisfait.)* Mon système n'est peut-être pas neuf, mais il n'est pas le plus mauvais, allez !

MARTHE, *à part.*

C'est drôle, je le croyais intelligent !

MAX.

Il faut évidemment avoir affaire à une nature de tout repos.

MARTHE.

Comme s'il y avait des femmes de tout repos !

MAX.

Ce n'est pas à vous que je pensais. Vous… vous êtes… la perturbatrice. Ah ! que vous devez bien savoir mentir !

MARTHE, *modeste.*

Oh !… Comme tout le monde…

MAX.

Mieux que les autres ! *(Allumé.)* Tout en vous provoque et se dérobe… Cette taille de couleuvre, ce coin de bouche perfide… Ah ! Marthe…

MARTHE.

Je vous défends de m'appeler Marthe !

MAX, *candide.*

Quel autre prénom désirez-vous que je vous donne ?

MARTHE.

Mais aucun ! Vous pouvez bien m'appeler madame, comme tout le monde !

MAX, *amer.*

C'est ça, reléguez-moi dans la foule anonyme ! Après trois mois de passion invétérée ! Madame !... Ah ! c'est gai ! *(Changeant de ton brusquement.)* Qu'est-ce que vous faites demain entre trois et cinq ?

MARTHE, étonnée.

Demain ? Entre trois et cinq ? Je ne sais pas...

MAX, péremptoire.

Je le sais, moi ! Marthe, j'ai besoin de vous parler sérieusement, et de vous embrasser, non moins sérieusement.

MARTHE.

Où ça ?

MAX, impétueux.

Partout !

MARTHE, effarée.

Mais non ! Je voulais dire *où* ? Dans quel... dans quel local, enfin...

MAX.

15

Ah ! bon… *(Plus bas, se rapprochant.)* Connaissez-vous cette petite rue qui coupe l'avenue de…

MARTHE, bas, vivement, désignant la porte.

Chut, donc ! Il y a quelqu'un, là…

MAX, élevant la voix.

Fanchette ! Tu es là ?

VOIX DE FANCHETTE.

Oui !

MAX.

Qu'est-ce que tu fais là toute seule ?

VOIX DE FANCHETTE.

Je ne suis pas toute seule, je suis avec le gosse.
(Marthe fait un geste qui signifie : « naturellement ! ».)

MAX.

Ah ! Le gosse est là ? Il va bien ?

VOIX DE FANCHETTE.

Très bien, merci.

16

MAX.

Qu'est-ce que vous faites là-dedans ?

MARTHE.

Mon cher, vous êtes bien curieux !

MAX, *haussant les épaules.*

Qu'est-ce que vous faites ? Ça empeste le brûlé !

VOIX DE FANCHETTE.

C'est des pistaches que j'ai voulu faire griller sur mon réchaud pour chauffer les fers à friser… Ça n'a pas marché. *(Elle entre.)* Tiens, Marthe !

MARTHE, *shake-hand.*

Bonjour !

FANCHETTE.

Dieu, que cette robe est jolie !

MARTHE.

Vous n'avez pas seulement eu le temps de la regarder !

FANCHETTE.

C'est vrai. Mais j'ai confiance. J'espère que Max vous a tenu compagnie ?

MAX, *fat, à Fanchette.*

Je ne lui ai pas tenu que ça.

MARTHE, *suffoquée.*

Qu'est-ce que vous dites ?

MAX, *à Fanchette.*

Je lui ai tenu… des propos déshonnêtes.

MARTHE, *À Fanchette.*

C'est rigoureusement vrai. Et puis, vous savez, c'est lui qui a fait la gaffe.

FANCHETTE.

Quelle gaffe ?

MARTHE.

Je m'étais heurtée à votre sévère consigne : « Madame est sortie ».

FANCHETTE.

Ah ! oui, le gendarme…

MARTHE.

Mais, *(Désignant Max.)* c'est un type dans le genre de Saint Jean Bouche d'Or. *(Imitant Max.)* « Fanchette ? mais elle est là ! avec son gosse ! »… Sans rancune, hein ?

FANCHETTE.

Oh ! sans rancune ! J'ai le temps de le voir, vous savez, le Gosse ! Et vous deux ? Ça tient toujours, ce grand flirt ?

MARTHE, riant.

Pas mal, merci.

FANCHETTE.

Ravie de vous l'entendre dire. *(Désignant Max.)* Tenez-le serré, il n'y a pas plus coureur.

MARTHE.

Mais c'est une procuration en bonne et due forme que vous me donnez là !

FANCHETTE.

Pourquoi pas ? Vous êtes le flirt de Max, le flirt idéal…
pour moi.

MARTHE.

Le flirt… sans danger ?

FANCHETTE.

Le flirt décoratif, avantageux, compromettant. Si Max
faisait la cour à une femme laide, je me sentirais vexée,
outragée… Oh ! je serais furieuse ! Songez donc ! Qu'est-
ce qu'on irait supposer de moi ?

MAX, les bras au ciel.

Je n'ose pas y penser

MARTHE.

Quel ménage !

FANCHETTE, les mains sur les épaules de Max.

Tout de même, méfiez-vous, ma chère, on se dit tout,
nous deux !

MARTHE.

Oui, oui, je sais !…

MAX, *à Fanchette.*

Mais toi-même, ô ma digne épouse, où donc est ton joujou favori ?

FANCHETTE, *appelant vers la porte entr'ouverte.*

Gosse !… Eh bien, Gosse ? Allons vite, mon petit !

LE GOSSE, *entrant.*

Voilà, Voilà ! *(À Marthe, s'essuyant les doigts avant de lui baiser la main.)* Je vous demande pardon, ce sont ces sales pistaches…

FANCHETTE, *menaçante.*

Sales ! Répétez un peu !

LE GOSSE.

Elle me fait faire un métier de marmiton ! Je suis tout noir.

(On s'assied.)

MARTHE, *à Fanchette, désignant le Gosse.*

Vous avez là un bien bel enfant, Madame.

FANCHETTE, *jouant à la dame.*

N'est-ce pas, Madame ? Tout le monde m'en fait compliment. Et si avancé pour son âge ! *(Au Gosse.)* Récite ta fable à la dame !

LE GOSSE, un doigt dans la bouche, faisant l'enfant.

Non, veux pas, là !

MARTHE, à Max.

Comment, elle le tutoie, maintenant ?

MAX.

Est-ce que je sais ? Ça ne nous regarde pas. Venez donc vous asseoir là, près de moi ! *(À Fanchette.)* Fanchette ! joue avec le petit garçon, et n'écoute pas ce que disent les grandes personnes !

FANCHETTE, gaîment.

Compris ! *(Au Gosse, impérieuse.)* Ici, Gosse ! *(Il vient s'asseoir à ses pieds sur un petit tabouret. — Elle prend une corbeille sur ses genoux et fourrage dedans.)* Il faut pourtant que je range mon panier à paresse… Quand on pense ! Voilà des bonbons de la semaine dernière que je n'ai pas encore « mis à jour » !

LE GOSSE.

C'est moi qui vous les ai donnés, pourtant !

22

FANCHETTE.

Faut-il pas que je vous les rembourse ? Ce qu'il est vénal, ce petit-là !

LE GOSSE.

Vous en voulez d'autres ?

FANCHETTE.

Cette question !

LE GOSSE.

J'en ai.

FANCHETTE.

Donnez vite.

LE GOSSE.

J'en ai… chez moi.

FANCHETTE.

Allez les chercher.

LE GOSSE.

23

Venez avec moi.

FANCHETTE.

En voilà une idée, par exemple ! *(Fouillant dans le panier.)* Tiens ! le fouet de la chienne ! Je l'ai assez cherché !

LE GOSSE, *plus bas.*

Vous savez, elle nous fait des mauvais yeux.

FANCHETTE.

Qui ça ?

LE GOSSE, *désignant Marthe.*

La dame au chapeau, là…

FANCHETTE.

Ça vous gêne ?

LE GOSSE.

Non, mais vous ?

FANCHETTE.

Non plus.

LE GOSSE.

C'est égal. Elle n'a pas l'air de nous regarder, mais je la sens rosse.

FANCHETTE.

Croyez-vous ? Chez Marthe, ce n'est pas de la méchanceté, c'est une attitude, une espèce d'empressement à suivre la mode… car la mode n'est plus aux « bonnes filles, ni aux gentilles petites femmes… »

LE GOSSE.

Oui, à présent, on porte les teintes crues et la rosserie affichée. Les hommes aiment ça.

FANCHETTE.

À qui le dites-vous ? J'ai eu la visite d'un ami de Max, un nouveau marié, qui m'a parlé de sa jeune femme en termes… étranges.

LE GOSSE.

Qu'est-ce qu'il disait ?

FANCHETTE.

Il parlait de son sale caractère comme d'une vertu domestique, il disait : « Ah ! le petit chameau ! y a pas plus charogne ! »

LE GOSSE.

Charmant.

FANCHETTE.

Marthe est assez le « petit chameau ». Elle espionne par système et dénigre par habitude. Au fond, elle n'en pense pas un mot.

(Petit silence. Pendant le dialogue qui précède, Max et Marthe causent et rient. Max a ouvert l'ombrelle de Marthe et pendant un instant leurs têtes disparaissent sous l'ombrelle inclinée vers le public.)

LE GOSSE.

Vous ne m'avez pas répondu tout-à-l'heure.

FANCHETTE.

À quoi ?

LE GOSSE.

Vous le savez très bien.

FANCHETTE.

Venir chez vous ? Ça va recommencer ? Mais oui, j'ai entendu. Et je n'irai pas.

LE GOSSE.

Ah ! *(Un temps.)* Au fond, vous avez la frousse.

FANCHETTE, *méprisante.*

La frousse ? Ah ! là là, mon pauvre petit ! Peur de ça, moi ?

(Elle lui pince le menton.)

MARTHE, *qui les surveille, à Max.*

Sont-ils gentils, tous les deux !

MAX.

Eh bien, et nous ? On n'est pas répugnants, que je sache !

MARTHE.

Nous nous tenons mieux.

MAX.

Mais nous promettons davantage.

MARTHE.

Oh ! vous croyez ? Vos pensées et celles du Gosse, puisque Gosse il y a, doivent se ressembler en ce moment comme… deux femmes nues.

MAX.

Vous, vous m'ennuyez. Vous voulez faire de Fanchette une femme raisonnable, une femme comme les autres !

MARTHE.

Elle n'a pas besoin de devenir raisonnable pour ressembler aux autres…
(Fanchette éclate de rire.)

MAX, à Fanchette.

Qu'est-ce qu'il a dit encore ?

FANCHETTE.

Oh ! c'est trop bête, je ne peux pas le répéter.

LE GOSSE, bas à Fanchette.

Taisez-vous donc !

FANCHETTE, au Gosse.

Hein ! Vous n'en menez pas large ! *(À son mari et à Marthe.)* D'ailleurs, ça ne vous regarde pas.

(Max et Marthe reprennent leur aparté.)

LE GOSSE, *grognon, à Fanchette.*

C'est malin, ce que vous avez fait là.

FANCHETTE.

C'est pour vous montrer que de nous deux, c'est vous, le froussard. Qu'est-ce que j'irais faire chez vous ? On sera bien mieux chez Olympe.

LE GOSSE.

Qu'est-ce que c'est que ça, Olympe ? Un petit pied-à-terre ?

FANCHETTE.

C'est un petit pied à thé. On y mange des sandwiches aux harengs, ma chère !… C'est une petite boîte très gentille, toute simple.

LE GOSSE.

Trop simple pour moi. Chez moi, tout est d'un luxe inouï !

FANCHETTE.

Je connais. Vous avez une telle horreur de ce qui est simple que vous avez mis partout des doubles rideaux.

LE GOSSE.

J'ai aussi une double clef, pour vous…

FANCHETTE.

Il ne me manque plus que la double voilette…

LE GOSSE.

Les baisers doubles…

FANCHETTE.

Et du curaçao triple sec ! *(Ils rient tous deux.)* Mon Dieu, que nous sommes spirituels ! Que vous m'amusez, Gosse ! Comment voulez-vous que je vous prenne jamais au sérieux ? Non là, vrai, quand je voudrais de tout mon cœur… être votre maîtresse, je ne pourrais jamais ! Je mourrais de rire ! Je ne peux pas un instant m'imaginer… *(Elle rit.)* Ou bien, je penserais à autre chose au moment de…

LE GOSSE, *têtu.*

Ça, c'est mon affaire. Mais puisque ce sera pour rire, justement ! Une visite, rien qu'une visite ! On jouera au ménage illicite ! *(Elle ne répond pas.)* Demain, ça tient ? *(Elle fait signe que non.)* Au fond, vous avez un peu peur.

FANCHETTE, *furieuse.*

J'ai peur, moi ?… J'ai peur ?

LE GOSSE.

Comme un seul homme.

FANCHETTE.

Serin, va !

LE GOSSE, *taquin, têtu.*

Vous ne viendrez pas, parce que vous avez peur. Chiche que vous ne viendrez pas. Chiche que vous avez peur.

FANCHETTE, *outrée.*

Vous êtes un… un… je ne peux pas dire quoi !

LE GOSSE.

Répétez-le donc, et je vous embrasse.

FANCHETTE.

Oui, je le répète !

LE GOSSE.

Ah ?

(Il l'embrasse rapidement.)

FANCHETTE, *criant.*

Oh !

(Elle se lève et répand à terre tout le contenu de la corbeille.)

MAX ET MARTHE, *se lèvent, s'approchant.*

Qu'est ce qu'il y a ?

FANCHETTE, *indignée.*

Il m'a embrassée !

(Le Gosse est un peu gêné.)

MAX, *blagueur et grave.*

Ma position est bien difficile. Le souci de ma dignité exige une réparation immédiate. *(Farouche.)* Je sais ce qui me reste à faire !

(Il empoigne brusquement Marthe et l'embrasse trois ou quatre fois.)

FANCHETTE, *vaguement choquée.*

Eh bien, vrai !… C'est tout ce que ça te fait ?

MAX, *de même.*

Moi ? non, ce n'est pas tout !
(*Il recommence.*)

MARTHE, *se débattant.*

Mon chapeau ! Mon chignon ! Au secours ! Un satyre !
(*Le Gosse et Fanchette se précipitent.*)

MAX *poursuit Marthe en criant.*

Retenez-moi ! Retenez-moi, ou je vais faire un bonheur !

FANCHETTE, *l'asseyant de force.*

Max ! Max ! veux-tu la laisser tranquille !

MARTHE, *rajustant son chapeau.*

Mes petits enfants, je m'en vais. Cette maison patriarcale et mouvementée m'épouvante. (*À Max.*) Mes manches, s'il vous plaît. (*Au Gosse qui s'empresse.*) Non, pas vous. Vous êtes déjà de service. Max ?...
(*Il l'aide.*)

MAX, *bas à Marthe, en l'aidant à passer ses manches.*

Alors ?... Rue du Sergent-Hoff ? Près de l'avenue Niel, vous voyez ça ?... (*Fanchette s'approche, il l'arrête.*) Laisse, mon petit, je reconduis Marthe.

(Ils remontent en parlant bas et sortent.)
(Fanchette les épie, soupçonneuse, et tend l'oreille.)

FANCHETTE, à elle-même.

Il la reconduit… Oui, il la reconduit… sur les deux joues ! *(Elle redescend. Au Gosse qui boude.)* Gosse ?

LE GOSSE, boudeur.

Quoi ?

FANCHETTE.

Oh ! ce caractère ! Quand on est de cette humeur là, mon ami, on se cache, on vit tout seul, on accroche une pancarte à sa porte : « Je boude ! » De manière que les camarades gentilles, qui voudraient justement vous faire une petite visite vers cinq heures…

LE GOSSE, vivement.

Non ? Vrai ? Fanchette ?… *(Consterné.)* Je fais des excuses plates, plates, plates… C'est vrai que demain, vers cinq heures, chez moi ?

(Marthe est rentrée sur ces mots et a entendu la fin de la phrase.)

MARTHE.

Mon ombrelle ?

(Elle cherche. Fanchette et le Gosse aussi.)

FANCHETTE, *cherchant*

Elle était là, contre le divan...

MARTHE, *à part, cherchant.*

Qu'est-ce qu'ils ont dit ? Demain à cinq heures ? Eh, eh ! Ces innocents ! *(Haut.)* Ah ! je l'ai ! Merci ! Au revoir, Fanchette !

(Elle sort vivement.)

FANCHETTE, *à Marthe.*

À bientôt !

LE GOSSE, *heureux, inquiet.*

Alors, vous disiez... que demain... à cinq heures...

FANCHETTE, *distraite, les yeux vers la porte.*

Sais pas... peut-être... *(Redescendant.)* Promettez-moi qu'on s'amusera ?

LE GOSSE, *enchanté.*

Je vais régler le programme des fêtes !

MAX, *rentrant.*

Vous partez, Gosse entreprenant ?

LE GOSSE, *shake-hands.*

Je crois bien, on me chasse !

MAX.

C'est bien fait. À demain.

LE GOSSE.

À demain, oui… Au revoir Fanchette…

(Max et Fanchette restent seuls. Max va et vient, chantonne, regarde par la fenêtre. Fanchette reste immobile et songeuse.)

FANCHETTE, *brusquement.*

Qu'est-ce qu'elle t'a dit ?

MAX.

Qui donc, mon petit ?

FANCHETTE.

Marthe.

MAX, *trop dégagé.*

Ce qu'elle m'a dit ? Des potins, des riens… Marthe énonce rarement de ces paroles définitives qui se gravent dans la mémoire…

FANCHETTE.

Tu sais, elle est ravie que tu lui fasses la cour.

MAX, avantageux.

Elle serait difficile ! (Se regardant dans la glace.) Je suis en beauté aujourd'hui, n'est-ce pas ?

FANCHETTE, riant.

Que tu es bête, Max !

MAX.

Je suis bête, mais je suis beau. Elle aussi, d'ailleurs…

FANCHETTE.

Elle aussi quoi ?

MAX.

Elle m'a semblé en forme, aujourd'hui.

FANCHETTE.

Peuh ! Je n'aime pas beaucoup cette façon de se mettre du rouge en plein jour, tu sais… Qu'est-ce qu'on fait cette après-midi ? On sort ?

MAX, *lui prenant la taille.*

On reste ensemble, si Madame veut bien.

FANCHETTE, *contente.*

Chic !

MAX.

Et demain aussi ! *(Se reprenant vivement.)* C'est-à-dire…

FANCHETTE, *en même temps, vivement.*

C'est-à-dire…

(Ils se regardent un peu embarrassés.)

MAX.

C'est-à-dire, non… Pas demain. Demain j'ai promis de passer à l'hippique…

FANCHETTE.

Moi aussi… *(Se reprenant.)* Qu'est-ce que je dis donc ? Au contraire, je ne peux pas. J'ai la corsetière, voilà trois fois que je la remets…

MAX.

Bon, bon… *(Il se promène et chantonne.)* Ça va, ça va… *(Silence.)*

FANCHETTE, *perplexe.*

Max ?

MAX.

Mon petit ?

FANCHETTE.

Tu es sûr…

MAX.

Sûr de quoi, ma chérie ?

FANCHETTE.

Sûr que tout ça n'a pas d'importance ? Tu es sûr que Marthe, enfin… Ce n'est pas sérieux ?

MAX.

Grande sotte d'enfant, va !

Parce que, enfin… elle est très bien, Marthe, et toi… tu n'es qu'un homme… Tu es sûr de toi, Max ?

MAX, *lui posant tendrement sa main sur la tête.*

Mais, oui, sûr ! Sûr… comme de toi-même !
(Elle baisse la tête pour dérober son visage.)

RIDEAU

ACTE II

Chez le Gosse. Garçonnière moderne, élégante, genre anglais. Meubles un peu secs. Couleurs claires, ensemble net, table à thé, friandises. Gravures anglaises, chasses, chiens, chevaux, etc…, aux murs. Au lever du rideau, le Gosse est en scène et attend. Nervosité mal dissimulée d'un premier rendez-vous. Chantonnement, marche de long en large, rideau soulevé, cravate arrangée devant la glace, livre ouvert et refermé, geste réprimé d'allumer une cigarette, etc., etc. Coup de sonnette. Il se précipite et introduit Fanchette qui entre avec son petit bull en laisse.

FANCHETTE, très gaie.

Bonjour !

LE GOSSE.

Bonjour !

FANCHETTE.

Je suis en avance, hein ?

LE GOSSE.

Ça, c'est gentil ! *(Tous deux rient, parlent trop haut, un peu agités.)* Prenez garde ! le coin du tapis est relevé…

FANCHETTE.

Merci… Quel temps, hein ?

LE GOSSE.

Splendide ! C'est tout à fait l'été !

FANCHETTE.

Je suis venue à pied, il faisait si beau !

LE GOSSE.

Oui. D'ailleurs, le chemin est très agréable… Tiens, vous avez amené Poucette ?

FANCHETTE.

Oui… Je ne voulais pas l'emmener, mais elle m'a vue prendre mes gants, alors, pour avoir la paix… Et puis, c'est l'heure où elle fait sa grosse commission !

42

LE GOSSE, *déférent.*

Oh ! Alors !... Peut-être auriez-vous pu la faire sortir par la femme de chambre ?

FANCHETTE.

Pourquoi donc ? Elle ne vous gêne pas, n'est-ce pas ? Donnez-moi un petit gâteau pour elle. *(À la chienne.)* Mange, ma beauté. *(Au Gosse.)* C'est qu'elle n'aime que les petits-beurre… Vous n'avez pas de petits-beurre ?

LE GOSSE.

Non… Comme c'est ennuyeux ! Si j'avais su…

FANCHETTE, *polie.*

Oh ! ça ne fait rien… *(Petit silence.)* Eh bien ?

LE GOSSE.

Eh bien ?

FANCHETTE.

Eh bien, me voilà.

LE GOSSE.

Oui. Vous voilà. Je suis content !

FANCHETTE.

Vous le cachez bien. *(Regardant autour d'elle.)* Tiens, la même gravure que dans ma chambre !

LE GOSSE.

Je sais. Oui. C'est exprès…

FANCHETTE.

Ah ! *(Elle continue son inspection et trouve une photographie sur une table.)* Tiens, mon portrait en communiante ! Comment l'avez-vous ? et pourquoi celui-là plutôt qu'un autre ?

LE GOSSE.

Ah ! ça, c'est ma petite manie inoffensive. C'est pour me faire croire que nous avons été élevés ensemble.

FANCHETTE.

Quelle drôle d'idée !

LE GOSSE.

Je me raconte des histoires quand je suis tout seul avec ce petit portrait pâlot… Je me dis que nous avons joué ensemble aux grandes vacances, dans le grenier à foin, quand vous portiez encore des chaussettes… Dites-moi, pour me faire plaisir, qu'on a été élevés ensemble ?

(Il lui prend tes mains.)

FANCHETTE, *riant.*

Oui, là !

LE GOSSE.

Et que nous avons joué dans…

FANCHETTE, *l'interrompant.*

Dans le grenier à foin.

LE GOSSE, *plus près.*

Et que vous portiez des chaussettes ?

FANCHETTE, *un peu gênée, lui retirant ses mains.*

Oui, despote ! *(Elle reprend par contenance son inspection.)* Alors, c'est ça, une garçonnière ?

LE GOSSE.

C'est *ma* garçonnière. Vous avez des questions, Fanchette !

FANCHETTE.

Oh ! je disais ça, vous savez, pour parler… C'est drôle, il n'y a même pas de Fragonard ! avec des petits derrières de femmes à fossettes ! Pas la moindre femme nue aux murs !

LE GOSSE.

La femme nue ne se porte plus… aux murs. Et puis… vous ne le répéterez pas ? Les académies féminines peuvent donner lieu à des comparaisons… qui ne seraient pas toujours à l'honneur des visiteuses.

FANCHETTE, se rengorgeant.

Par exemple !… J'en connais qui ne craindraient pas…
   (Elle s'arrête et rougit.)

LE GOSSE, vivement.

Oh ! je suis sûr que… (Il s'arrête et tousse. Changeant de ton.) On a remplacé tout ça par la gravure anglaise… habits rouges sur vert acide.

FANCHETTE.

Tant pis !

LE GOSSE.

Pourquoi tant pis ?

46

FANCHETTE.

Tout se démode, c'est vrai, Gosse. Il n'y a que les femmes qui ne changent pas. Et je sens que les célibataires d'à présent leur ménagent des déceptions cruelles... Nous deux, on est des camarades, ça ne compte pas. Mais une femme qui vient dans une garçonnière avec l'espoir d'y perdre jusqu'à ses épingles-neige et ses chichis !... Vous lui collez là des meubles vernis, des fauteuils chastes, des gravures... rafraîchissantes...

LE GOSSE, *fat.*

Elle ne les regarde pas, Fanchette.

FANCHETTE.

Erreur ! Vous ne comptez pas assez avec le trottin nourri de feuilletons qui veille dans le cœur de toute femme. Donnez-lui donc, au lieu de tout ça, *(Geste circulaire.)* donnez-lui des divans profonds, des rideaux impénétrables, des gravures lestes, des livres...

LE GOSSE.

Édités à Amsterdam ?

FANCHETTE.

Pourquoi pas ? Vous lui laissez trop à faire, mon petit. Même si elle est très... très bien intentionnée, le temps qu'elle se réchauffe et qu'elle vous... rejoigne, c'est deux heures de perdues !... *(Elle se promène en parlant. Le Gosse regarde le tapis d'un air grondé. Fanchette le regarde et éclate de rire.)* Qu'est-ce que vous avez ? Ce n'est pas pour vous que je parle. Je fais ma petite conférence sur l'adultère mondain en général.

LE GOSSE, *sans gaîté.*

Ah ! bon, ne vous gênez pas pour moi. *(Silence.)* C'est égal, je croyais qu'on se serait plus amusés que ça... Vous m'aviez promis qu'on jouerait au vrai rendez-vous.

FANCHETTE, *gentille, revenant à lui.*

Je fais amende honorable, là, tenez, j'ôte ma jaquette, mes gants et mon chapeau. Par le temps qui court, je ne connais guère de preuve d'amour plus grande, hein ?

LE GOSSE, *l'aidant.*

C'est tout ?

FANCHETTE, *riant.*

Oui, je garde mes bottines ! Et maintenant...

LE GOSSE, *alléché.*

Maintenant ?

FANCHETTE.

Donnez-moi du Frontignan. Et un sucre à Poucette.

LE GOSSE, obéissant.

Encore ?

FANCHETTE.

Je paierai un supplément s'il le faut. (À Poucette.) Assise, mon amour. (Au Gosse, lui montrant la chienne.) Hein, cette figure ! Est-elle belle ? une vrai grenouille de jeu de tonneau.

LE GOSSE.

Moi, je trouve qu'elle ressemble plutôt à un phoque.

FANCHETTE.

Oui, à un phoque aussi. Mais surtout à un crapaud.

LE GOSSE, sans conviction.

Heu… Oui… c'est frappant. Elle me regarde tout le temps ! Est-ce que ma cravate est de travers ? Si je l'emmenais dans l'antichambre ? Il y a un très bon coussin.

49

FANCHETTE, révoltée.

Dans l'antichambre ! (Soudain radoucie.) Au fait, oui, si vous voulez. (Le Gosse emporte la chienne. Fanchette à la cantonade.) Ne laissez pas de cannes à sa portée, ni de chaussures, ni de parapluies, parce qu'elle les mange ! (Le Gosse revient.) Chez moi, elle ne vous gêne pourtant pas, cette bête ?

LE GOSSE, se rasseyant près d'elle.

Fanchette, écoutez, vous n'êtes pas gentille.

FANCHETTE.

Moi ?… Vrai !…

LE GOSSE.

Non. Vous n'êtes pas assez amoureuse de moi. Je ne vous reconnais plus.

FANCHETTE.

Attendez une minute, voyons ! Je ne suis pas dans mon assiette… Il me manque quelque chose…

LE GOSSE.

Quoi ?

FANCHETTE.

La galerie.

LE GOSSE, suffoqué.

Ça, par exemple !...

FANCHETTE.

J'exagère peut-être un peu, mais pas beaucoup. La galerie, vous comprenez, je veux dire… Je vous aime mieux en public. Je vous aime chez Ritz, au théâtre dans mon dos, dans le fumoir de Max… chez Marthe…

LE GOSSE.

Merci !

FANCHETTE.

Je vous aime surtout mieux chez moi. Vrai de vrai, Gosse, ici, vous me gênez un peu, vous me… vous m'êtes moins sympathique.

LE GOSSE.

Quelle singulière Fanchette vous faites ! C'est pourtant vrai que vous n'êtes plus la même, ici. Chez vous, je m'assieds à vos pieds, je vous embrasse dans le cou quand

51

vous avez les mains occupées… *(Il se rapproche.)* Alors, vous criez beaucoup, mais vous ne bougez pas…

FANCHETTE, après un instant.

Eh bien… embrassez-moi ! *(Le Gosse l'embrasse dans le cou, elle reste raide et un peu gauche.)* Vous êtes content ?

LE GOSSE, bougon.

Non.

FANCHETTE.

Qu'est-ce qu'il vous faut donc ?

LE GOSSE.

Il me faut… il me faut ma Fanchette de tous les jours, celle qui me reçoit le matin en saut-de-lit, les cheveux défaits, qui me tend un bout de bras nu, une joue pas encore poudrée, et qui me bouscule comme un chien familier, — la petite amie enfin dont je ne puis plus me passer, celle qui me fait cette grâce de vivre devant moi avec un abandon amical et coquet qui peu à peu m'enivre…

(Il est tout près d'elle.)

FANCHETTE, se levant soudain, effarée.

Gosse !

LE GOSSE.

Ma chérie !...

> *(Il va la prendre dans ses bras.)*

FANCHETTE, effrayée, reculant.

Mais... vous m'aimez donc ?

LE GOSSE, très tendre.

Oh ! mon amour, comme vous êtes bête !

FANCHETTE.

Vous m'aimez... pour de vrai ?

LE GOSSE.

Mais... *(Naïf.)* Vous aussi, n'est-ce pas ?

FANCHETTE, agitée, émue.

Il ne s'agit pas de moi ! Ah ! nous avons bien travaillé !

LE GOSSE, se levant.

Fanchette ! Seriez-vous ici, si vous ne...

FANCHETTE, très agitée.

Il ne s'agit pas de ça, je vous dis !... Voyons, voyons… Je suis venue ici pour goûter, pour bavarder avec vous… Et puis, parce que vous m'aviez dit : Chiche ! mais… *(Il la regarde d'un air de reproche. Elle se trouble…)* mais pas pour faire du mal.

LE GOSSE, *lui prenant les mains et la rapprochant de lui progressivement.*

Du mal, Fanchette, qu'appelez-vous du mal ? Vous avez la rage d'employer dus mots que vous ne comprenez pas ! Je vous tiens par vos mains fragiles (ne tirez pas tant, vous allez les briser !) C'est un jeu de tous les jours ! Je vous frôle la joue, vos cheveux me chatouillent l'oreille, comme tous les jours… Qu'y a-t-il de changé entre nous ? Où est le mal ? Votre mari lui-même *(Elle tourne instinctivement son regard vers la porte.)* dirait à nous voir : « Quels gosses ! » Fanchette, vous me donniez bien tous les jours une fleur, un bonbon, donnez-moi vos lèvres ?…

(Il se penche, elle va peut-être céder… quand tout à coup, elle se ressaisit et lui échappe.)

FANCHETTE, *un peu égarée.*

C'est mal ! Je suis sûre à présent que c'est mal !

LE GOSSE.

Quoi ? Qu'est-ce qui est mal ?

FANCHETTE.

Tout ce que nous faisons, tout ce que nous disons… nous sommes coupables, Gosse !

LE GOSSE.

Vous êtes folle, ma chérie !

FANCHETTE.

J'en suis sûre ! *(Elle cherche à se reprendre, à raisonner, passe sa main sur ses yeux.)* Ne riez pas, Gosse ! je viens d'avoir comme une… une révélation. Depuis six mois, nous jouons avec les allumettes… Rien que ce petit nom que je vous donne « Gosse »… je ne devrais pas vous appeler ainsi… Ne m'arrêtez pas, je commence seulement à comprendre.

LE GOSSE, *agacé.*

Mais comprendre quoi ?

FANCHETTE.

Tout ! J'en ai chaud… Mon mari… lui aussi… Et vous, et moi…

LE GOSSE.

Fanchette, vous parlez comme une somnambule !

FANCHETTE, *sans l'écouter.*

On ne se rend pas compte, n'est-ce pas, mais tout est mal, on vit là dedans ! « Il ne faut rien prendre au sérieux » me dit Max… Et je lui réponds : « Nous sommes libres, s'pas, on se dit tout !… » Quel mensonge, Gosse ! Je me rappelle bien tout, allez !

LE GOSSE.

Mais tout quoi ? Vous me déconcertez, Fanchette, je vous assure…

FANCHETTE.

Oui, pourquoi est-ce que je riais toujours plus haut avec vous qu'avec les autres ? Pourquoi est-ce qu'une fois… tenez, sur le divan du fumoir, vous regardiez mes chevilles, j'ai rougi tout d'un coup, et puis j'ai eu honte d'avoir rougi et pour montrer que je ne pensais à rien de vilain, j'ai relevé ma jupe un peu plus haut.

LE GOSSE, *rêveur.*

Oui… je me souviens…

FANCHETTE.

Une autre fois, j'arrangeais votre cravate et Max est entré, j'ai senti une petite gêne entre les épaules… alors,

56

pour être sûre que rien de mal n'était entre nous, devant Max, je vous ai caressé la joue, comme ça…

(Elle esquisse le geste, sans toucher la joue du Gosse.)

LE GOSSE, *de même.*

Oui… mais ce n'est pas une raison pour…

FANCHETTE, *interrompant, avec chaleur.*

Croyez-moi, croyez-moi, il y a eu dès les premiers jours, entre nous, quelque chose de vilain, de défendu, que nous ne voulions voir ni l'un ni l'autre, parce que, n'est-ce pas, nous ne sommes pas des saints, mais nous ne sommes pas non plus de sales animaux… Alors, nous avons jeté là-dessus le manteau rassurant de la camaraderie, de la bonne et franche amitié. C'est dégoûtant, Gosse !

LE GOSSE, *vexé.*

Oh ! dégoûtant !…

FANCHETTE.

Oui ! Je ne m'appartiens pas, voyons !

LE GOSSE, *ironique.*

Épargnez-moi le couplet du devoir, Fanchette !

Dieu, que vous êtes agaçant ! Vous dites que vous m'aimez et vous ne me comprenez même pas ! Nous n'avons pas le droit, entendez-vous, d'être ici, seuls ! *(Petit silence.)*

LE GOSSE, *haussant les épaules.*

Avouez que c'est un peu curieux de vous entendre parler « Devoir », « Morale », avec des majuscules partout ! Vous, l'enfant de la nature, la petite épouse libre, à qui on s'est gardé de désigner le Bien et le Mal, toujours avec des majuscules ! La plus belle moitié de ce ménage si parisien ne serait-elle au fond qu'une petite bourgeoise ? *(Rancunier.)* Je regrette d'être seul à goûter cette... révélation comme vous dites.

FANCHETTE.

Vous regrettez d'être seul ? Je voudrais pourtant voir votre figure, si... *(Marchant sur lui et lui posant les mains sur les épaules.)* Gosse ! Nous sommes-là bien sages, nous n'avons pas échangé un baiser et j'ai gardé toutes mes épingles à cheveux... Nous n'avons rien fait de mal ? Qu'est-ce que vous diriez si Max entrait ? Ça vous ferait plaisir ? Vous le regarderiez droit, là, comme les autres jours ?

LE GOSSE, *détournant la tête.*

Ça ne tient pas debout, voyons ! Mais certainement, que je… Je n'aurais aucune… Ça me serait tout à fait indifférent de…

(Il s'arrête. Silence.)

FANCHETTE, *souriant.*

Mon petit Gosse ! Vous n'êtes pas encore un « champion du vice », Dieu merci ! Ça me fait plaisir, vous savez ! *(Il ne partage pas… Fanchette reprend plus bas.)* Vous me comprenez, dites ? Vous comprenez ce que j'ai éprouvé tout à l'heure ? Une chaîne, une douce chaîne qu'on n'avait jamais sentie peser, mais qui se rappelle à vous, qui vous entre un peu dans la chair quand on veut brouter trop loin du piquet…

LE GOSSE, *un peu méprisant.*

Petite esclave !

FANCHETTE, *orgueilleuse.*

Esclave volontaire ! *(Se retournant d'instinct vers la porte.)* Oh ! Max me comprendrait bien, lui !

LE GOSSE, *blessé, méchant.*

Il vous comprendrait, il vous comprendrait… Rien n'est moins sûr… Il ne peut pas tout comprendre, ce phénix des maris… Il est déjà assez occupé à *comprendre*, comme vous dites, la peu farouche Madame Marthe Payen…

Oh !... *(Elle se contient et parvient à sourire.)* C'est pas bien joli, ce que vous venez de faire là, Gosse... Je ne me fâche pas, parce que je *sais* que c'est un mensonge, mais c'est pas très... très joli... Vous n'êtes pas heureux, Gosse. Quand on est malheureux, on est méchant... *(Le Gosse furieux contre elle et contre lui-même, bourre de coups de poing les coussins du divan. Fanchette, insistant un peu durement.)* Méfiez-vous, vous allez pleurer !...

LE GOSSE, *la voix étranglée.*

Moi, pleurer ? Ah ! par exemple !... Ah bien, zut !...
(Il s'arrête, la gorge serrée.)

FANCHETTE, *qui a aussi envie de pleurer.*

Ah ! oui, vous pouvez taper sur les coussins, allez, ça sert à quelque chose ! Ah ! il est gai, notre rendez-vous ! Elle est jolie, notre bonne camaraderie ! Une bonne camaraderie ! Vous avez voulu coucher avec moi, c'est bien d'un camarade !

LE GOSSE, *désolé, comme un potache.*

Mais enfin, bon Dieu, je ne vous ai pas traînée ici de force ! on dirait que c'est moi tout seul qui...

FANCHETTE, *l'arrêtant.*

Oh ! je ne m'innocente pas, allez ! Je sais bien que je ne suis qu'une femme, et une femme, ça n'est pas grand chose de bon, quand elle est tête-à-tête avec un homme amoureux ! *(Prête à pleurer.)* Seulement, tout de même, vous n'auriez pas dû me dire que Max, avec Marthe… non… je ne méritais pas… *(Coup de sonnette violent. Silence.)* Qu'est-ce que c'est que ça ?

LE GOSSE, *bas.*

Je ne sais pas. *(Deuxième Coup de sonnette, troisième Coup, quatrième Coup.)* Il en a un culot, celui-là !

(Au moment où il se lève pour aller ouvrir, on entend des coups de poing sourds dans la porte et la voix étouffée de)

MAX, *à la cantonade.*

Ouvrez ! Ouvrez, je sais que vous êtes là ! Ouvrez tout de suite ! *(La chienne aboie dans l'antichambre.)*

(Le Gosse et Fanchette se regardent.)

LE GOSSE, *se décidant. Geste théâtral.*

C'est bon. Je vais ouvrir.

FANCHETTE, *se jetant sur lui, et l'éloignant brutalement de la porte.*

Ôtez-vous de là ! Eh bien, il ne manquerait plus que ça !

LE GOSSE, *se défendant.*

Je ne permettrai pas que Max touche à un cheveu de votre tête !

FANCHETTE.

Oui, oui, je sais ! Fichez-moi donc le camp dans votre chambre. Voulez-vous ? Vous m'entendez ?
(Elle le pousse vers la chambre à coucher.)

LE GOSSE, *résistant.*

Mais vous, Fanchette, vous, qu'allez-vous faire ? Je ne…

FANCHETTE.

Moi, c'est mon affaire ! Je me charge de tout, s'il ne vous voit pas… mais ne bougez pas de là ! Je vous le défends !

(Elle réussit à l'enfermer dans sa chambre, hésite une minute, puis, avec un geste de « tant pis ! » court ouvrir à Max, qui sonne toujours. Max se précipite comme un fou, les yeux hors de la tête et dépasse, sans la voir, Fanchette qui referme la porte derrière lui.)

MAX, *haletant.*

La chienne ! La chienne est là ! Où sont-ils ?… *(Il se retourne sur Fanchette et s'arrêtant, atterré.)* Ainsi, c'était vrai ! Où est-il ? Répondras-tu ? Où est-il ?

FANCHETTE, *assise, les coudes sur les genoux
et le menton dans ses mains.*

Qui ?

MAX.

Le Gosse.

FANCHETTE, *geste vague.*

Je ne sais pas. Par là… peut-être dans la rue…

MAX, *outré.*

Dans la… *(Il fonce sur elle, puis se contient avec peine.)* Mon petit, je ne te conseille pas de me la faire à l'inconscience ! Tes attitudes de femme-enfant, de bête de la nature, ah ! non, plus de ça entre nous, à présent que je sais ce que tu cachais là-dessous ! *(Fanchette esquisse un geste et va protester, puis elle y renonce, résignée, découragée. Max reprend, s'épongeant le front.)* Une heure, une heure que je piétinais là-bas, chez nous, que je luttais contre l'envie de venir ici, de tout tuer, de… Comme si ça en valait la peine ! Tu entends, je sais depuis une heure, que tu es ici !

FANCHETTE, *vivement.*

Qui te l'a dit ?

MAX.

Qui ?… Ça, c'est mon affaire !

FANCHETTE.

Le bleu anonyme ?

MAX.

Non.

FANCHETTE.

Tu m'as fait suivre ?

MAX, amer.

Je n'en suis pas là, Dieu merci !

FANCHETTE.

C'est quelqu'un de propre, toujours, qui t'as renseigné.

MAX.

Parfaitement, quelqu'un de propre ! Et de bien informé ! Quelqu'un qui n'a pas comme moi, pauvre idiot, les yeux dans sa poche !

FANCHETTE, réfléchissant, absorbée.

Oui… mais qui pouvait savoir… Ça s'est décidé hier… Max ! ceci est extraordinaire ! Qui t'a dit que j'étais ici ?

MAX.

Tu veux le savoir ? Tu y tiens ? C'est Marthe !

FANCHETTE, avec un cri.

Marthe ! Ah ! mon Dieu !
> *(Elle éclate en sanglots.)*

MAX, ahuri.

Qu'est-ce qui te prend ? tu es folle ? qu'est-ce que c'est que ce déluge ? *(Ironique.)* Ah ! oui, je comprends… Moi, tu t'en fiches, mais tu penses aux potins, tu sais que Marthe ne se privera pas de raconter partout… *(Coup de poing sur la table.)* Tonnerre de Dieu !… C'est égal, je t'aurais cru plus d'estomac, ma fille. Regarde-moi. De nous deux, c'est encore moi qui fais la meilleure figure… *(Elle continue de pleurer. Il la regarde et sent que son courage va mollir… il se gendarme contre l'attendrissement.)* Tu peux pleurer, petite misérable… À moi, me faire ça, à moi, ton ami, ton camarade, ton amant… Mais parle, bon Dieu ! dis quelque chose ! Dis pourquoi ! Pourquoi celui-là plutôt qu'un autre ? Cette espèce de petit chien d'appartement… *(Elle secoue rageusement les épaules. Max se fâche.)* Parfaitement ! je maintiens le mot ! Essaie un peu de le défendre, lui, tu vas voir ! *(Il marche dans la chambre fiévreusement, bouscule les sièges, furieux et impuissant contre ces larmes silencieuses.)* Mais, bon Dieu ! ne pleure donc pas comme ça ! c'est odieux, ce parti-pris de passivité ! *(Elle sanglote. Il reprend, près de pleurer lui-même d'énervement.)* Je ne dis plus rien, là ! Mais je veux une explication, un mot qui t'excuse, qui me fasse croire, au moins, que tu as agi comme une enfant curieuse devant un livre défendu... Oh ! Fanchette !... moi qui te laissais la bride si longue ! *(Il s'arrête la voix coupée, très faible, tout à coup.)* Ce n'est pas bien, tu sais... C'est lâche... Pourquoi pleures-tu si fort ? Pour m'enlever mon courage, n'est-ce pas ? As-tu peur que je lui fasse du mal, à lui ? *(Elle secoue la tête avec désolation.)* Alors, pourquoi, pourquoi ce déluge ?

FANCHETTE, lamentable.

Il m'a dit que tu étais l'amant de Marthe !

MAX, béant, sans comprendre.

Quoi ?

FANCHETTE, de même.

Il m'a dit que tu étais... *(Le reste se perd dans les larmes.)*

MAX.

Que j'étais... Qui t'a dit ça ?

66

FANCHETTE.

Le Gosse !

MAX, saisi.

Que j'étais l'amant de… *(Trop vite.)* mais ce n'est pas vrai ! *(À part.)* sacré nom… *(Haut.)* Tu ne l'as pas cru ?

FANCHETTE, essuyant ses larmes.

Si… Non… Si… je ne sais plus.

MAX, lui secouant le bras.

Mais quand t'a-t-il dit ça ?

FANCHETTE, la voix saccadée par les larmes.

Ici, tout à l'heure… Il voulait, tu comprends, il voulait que… que je… Alors, moi, je lui ai dit que non, que ça serait mal… Je lui ai dit que tu ne serais pas content. Alors, il s'est fâché, il a dit que tu ne te gênais pas, toi… et que je pouvais demander à Marthe… Alors, je l'ai renvoyé… *(Silence.)*

MAX, se rapprochant d'elle vivement.

Tu n'as pas voulu ? C'est vrai, ça ? tu n'as pas… *(Explosion de joie.)* tu n'as pas voulu, mon cher petit ! tu l'as renvoyé !

67

Au moment où cette rosse de Marthe me disait que tu...

FANCHETTE, *vivement.*

Elle te disait ça ? Où donc, elle te disait ça ?

MAX, *bafouillant.*

Mais... chez moi... Non, qu'est-ce que je dis ? Dans la rue, je voulais dire, dans la rue. Elle allait aux Galeries Lafayette, acheter de la... je ne sais plus quoi, je l'ai rencontrée au coin de la rue Auber et elle m'a dit...

FANCHETTE, *soupçonneuse.*

Max, Max, c'est bien curieux que tu l'aies rencontrée comme ça par hasard, juste à point pour qu'elle te dise que j'étais ici... Elle n'aurait pas eu le temps de me suivre... *(Hochant la tête.)* Tout ça, c'est bien des coïncidences, Max... si jamais je venais à savoir qu'elle est ta maîtresse... *(Elle refond en larmes.)*

MAX, *vivement.*

Mais non ! Cent fois non ! *(Il s'assied et s'essuie le front.)* Ma tête se perd, ma parole ! Quel est celui de nous deux qui fait une scène à l'autre ?

FANCHETTE, *impérieuse.*

Moi ! moi, j'en ai le droit !

MAX, avec reproche, scandalisé.

Ici ? Oh !

FANCHETTE, de même.

Ici ! et partout !

MAX.

Fanchette, ce n'est pas pour te flatter, écoute, mais tu as un culot extraordinaire ! Et puis enfin, quand même, quand même j'aurais… avec Marthe… Avec elle, ça ne tire guère à conséquence, elle est si peu sauvage.

FANCHETTE.

Je sais bien qu'elle n'est pas sauvage, mais ce ne serait tout de même pas gentil à toi de parler d'elle comme ça, si elle était ta maîtresse… *(Frappée d'une idée.)* Oh ! Max, songes-tu ? si j'avais… si j'avais cédé au Gosse, ce serait peut-être lui qui dirait de moi, que… je ne tire guère à conséquence… *(Grand soupir. Elle se réfugie contre lui.)* Tout ça, au fond, c'est ta faute !

MAX.

Permets !…

FANCHETTE, *têtue.*

Tu ne m'as pas assez surveillée. Il faut me surveiller, Max, c'est très sérieux ! C'est très joli, ta « liberté sur la montagne » et toutes les fariboles que tu racontes sans en penser un mot, du reste !

MAX.

Pardon ! je les pense… quand il s'agit des autres.

FANCHETTE.

Même en paroles, c'est très malsain, ces principes-là, pour une pauvre petite femme ignorante. Ah ! si j'étais homme ! je saurais bien ce qu'il faut dire à ma femme. Il faut gronder ! « Fais ci, fais ça ! Ne va pas là toute seule ! Ne joue pas avec les garçons !… Ne prends pas de camarades d'un sexe différent… »

MAX, *songeur.*

Il n'y a pas de camarades de sexes différents…

FANCHETTE.

Ah ! j'en ai assez des camarades ! Je ne veux plus voir personne !

MAX.

70

Bon ! mais qu'est-ce que tu feras toute seule ? On dira que je te séquestre, que je…

FANCHETTE, *malicieuse.*

Ne te tourmente donc pas, mon chéri ! Je ne serai jamais seule, puisque je t'accompagnerai partout, et que tu me rendras la pareille.

MAX, *se défendant.*

Mais ce n'est pas possible, Fanchette !

FANCHETTE.

C'est très possible ! On nous voyait partout l'un sans l'autre, on nous verra partout ensemble. Dans les thés, à cinq heures, aux concerts, aux premières, aux vernissages, partout… Nous serons sensationnels, légendaires, admirés, dénigrés, inséparables !…

MAX, *conquis, souriant.*

Nous serons ridicules…

FANCHETTE.

Nous l'étions déjà. Nous le serons encore… mais autrement… *(Baiser.)*

MAX, *baissant la voix.*

Fanchette, à présent qu'on se r'aime… dis-moi la vérité !
Où est-il ?

FANCHETTE.

Qui ?

MAX.

Mais… le Gosse… voyons !

FANCHETTE.

Ah !… le Gosse, c'est vrai !… Jure-moi que tu ne lui
feras rien ? *(Désignant la chambre, bas.)* Il est là. En pénitence.
Quand tu as sonné, il voulait aller t'ouvrir, ce petit !

MAX, *méchant.*

Fallait le laisser faire.

FANCHETTE.

Oui, et puis demain, on n'aurait vu que nous dans les
journaux. *(Riant.)* C'est que je te connais, sale bête !

MAX.

Qu'est-ce qu'on va en faire, à présent ? On ne peut pas le laisser là… il va moisir.

FANCHETTE.

On ne peut pas le rappeler non plus ! Qu'est-ce qu'on lui dirait ? Me vois-tu lui ouvrant la porte et lui faisant un petit speech ?… « C'est fini, on n'est plus fâchés, vous pouvez revenir, à la condition de ne plus recommencer ! » Merci ! je ne m'en charge pas ! *(Silence.)* Vas-y, toi…

MAX, *embêté.*

Tu es bonne, toi ! Le mari est toujours ridicule dans ces rôles-là. Je suis trop vieux, ou trop jeune, pour ce genre de dénouements pacifiques.

(Silence embarrassé.)

FANCHETTE.

Et si on ne lui disait rien du tout ?

MAX.

Comment, rien ?

FANCHETTE, *baissant la voix.*

Oui, tu vas voir. Prends ton chapeau, ta canne. Va chercher la chienne dans l'antichambre. Donne-moi mon

73

chapeau… Là, et ma jaquette. J'ai mes gants… Tu vas voir… *(Riant bas.)* Il croira que tu m'as tuée.

MAX, *bas.*

Que je me suis suicidé sur ton corps. *(Ils rient.)*

FANCHETTE, *assise, écrivant rapidement.*

Chut !… Il viendra avec une cuvette pour éponger le sang, et il trouvera… *(Se levant.)* cette lettre !

MAX.

Montre ce que tu lui écris ?

FANCHETTE.

Voilà ! C'est à la fois décisif, digne, indulgent et… spirituel. J'ai écrit… *(Elle tousse et se prépare à lire avec une gravité de circonstance.)* J'ai écrit : « Adieu, Gosse !… » *(Un temps.)*

MAX.

Et puis ?

FANCHETTE.

C'est tout. Ce ne n'est pas assez ?

MAX.

Heu… Ma foi, en y réfléchissant, c'est assez…

FANCHETTE, posant la lettre en vue.

C'est certainement assez, et puis ça dit bien ce que ça veut dire. Là ! il la verra tout de suite. *(Max va chercher la chienne sous son bras.)* Filons, mon chéri. *(Ils vont sortir, elle l'arrête.)* Embrasse-moi vite, pour dire adieu à ce vilain endroit… *(Baisers.)*

(Sortie rapide et chuchotée, rires étouffés. Max heurte un meuble, etc. Silence. La scène reste vide.)

(La porte de droite s'entrebâille et laisse passer la tête du Gosse. Il entre doucement, anxieux, puis voyant la scène vide :)

LE GOSSE, à mi-voix.

Où sont-ils ? Je n'entendais rien, j'ai eu peur… *(Quelques pas rapides pour inspecter la chambre.)* Ils sont partis ? *(Courant à la fenêtre.)* Comment, ils s'en vont ensemble ? Oh ! ça, c'est trop dégoûtant ! *(Redescendant, dans un mouvement de rage, il aperçoit la lettre et l'ouvre fiévreusement. Lisant :)* « Adieu, Gosse ! », c'est tout ? *(Répétant machinalement.)* Adieu Gosse… Adieu… Gosse… *(Sa voix faiblit et s'étrangle, il lutte contre son émotion, et réussissant à sourire, il froisse la lettre et la jette.)* Si au moins elle avait mis « mon Gosse », ça m'aurait fait une lettre d'amour…

RIDEAU